请喝茶

谷以成 著

序

故事里的故，故事里的事

丁捷

"约在茶社的小包间里，他进门时还回头看了看，围巾把头脸裹得严严实实。说话时捂着嘴，竭力改变声音的传播方式。末了说：'这举报我可是把全家性命都搭上了，不要让我失望。'看背影迅疾闪出，不禁悲从中来。空坐良久，那杯没动过的茶，还有着温度。"就着一杯热茶，我在一个傍晚开始阅读我的"同行"作家谷以成先生的书稿《请喝茶》。故事从一种神秘兮兮的气氛开始，读得我手边的茶冷了，再续，续了又冷。尽管浏览几万字的故事，一般不需要太多时辰，但不知不觉中夜已经很深，我无法不踟蹰在他的文字里，会心几番笑，知心数冷暖，感慨，思量，完全忘记了时间。

《请喝茶》说了一百来个故事，每个故事大多一两百字，附一件生动的图画，极其简明。这些故事，有的是"潜伏"，有的是"风声"，有的是寒心的情感戏，有的是精心的迷魂阵，心灵的纠葛，命运的沉浮，无形之手的提弄，汇聚得像个庞杂的戏园——然而，轮番上台的却不是表演，而是活生生的江湖铿锵。这些故事是一个纪检业内人的手记，因而其真实性不用怀疑。故事里的那些事，只要你是一个哪怕再普通不过的当代中国人，都不会感到"天花乱坠"。但是，你不"陌生"不等于你就"熟悉"，很多事儿"真实"的简单面貌里，藏着更多的"真实"，其中的"机关"，即便我这样的纪检业内人，也难免"一时糊涂"，非要读到深处方才明了罢！有的故事过了几天，回头想起来，才要忍不住拍案叫绝。

简短的故事，却要长久的揣摩，你要问这是为什么，有一篇《秘诀》大概能解个中"秘诀"："新兵蛋子向老把式虚心讨教办案的技巧与规律，得到的回答是：不知道。当时觉得很是难堪。几年之后才悟出：三个字要顿着读，而且是个递进关系。遂谢恩。遇有新人问同样问题，亦如法炮制。"读到这里，你知道这个"不、知、道"是个秘诀，但究竟是个什么"秘诀"呢？设想准备翻阅这些故事的读者，就是这个"新兵蛋子"，你要满足好奇，弄清究里，不一头扎进去，还真是一团浆糊。因而，研读完这些故事——我这里说的是研读，就像新兵蛋子亲自办了几年的案子一样，带着疑问，用足了认真劲儿进去，最终才有可能恍然大悟。一百来个故事的事情里面，上千个人物，你的身份也许就是其中某个，或者可以设想是其中任一：一个正在利益面前纠结的权贵，一个手提文件包踏破铁鞋的项目经理，一个办案点上没日没夜的小公务员，一个丈夫不回家心里就不踏实的家庭主妇，一个为孩子的教育机会而愁眉苦脸的父亲，一个含辛茹苦把儿女养大却依然操着心的老母亲，一个踌躇满志要考公务员的大学生，一个无奈的行贿者或一个欲罢不能的受贿者……任何角色，你都能从中找到你的对应，找到你阅读体验的万分惊恐和十分欢欣，几多彷徨与些许振奋。也因为故事里的事是过于真实的，却又在日常的社会和家庭环境里藏匿得太深，成为一种或隐蔽或心照不宣的"内参"，就跟众生的灵魂一样，一面是丰富而多彩，一面矛盾而又危险。所以请你喝这席茶，你会感同身受，喝得笑起来，喝得跳起来，喝得夙夜难寐，喝得一夜白头，喝得醍醐灌顶。

通常，一个人容易从他的"出身"里找到表达的方式，形成话语的风格。"纪检"这种背景里的人，出于身份的严肃性，大多养成了"说大、不说小"的习性。具体说，就是宣讲政策、解读纪律、破译重点案例的时候，口若悬河，说到自己的日常工作，则寥寥数语，甚至三缄其口。但是纪检事业完全又是做"人"的工作，做"人情、人心、人性"的工作，时间长了，感动太多，感慨太甚，感悟太深。心中有事，久憋成患。即便不为自己，从做人责任与角度担当出发，我们也需要把从业心得与人们分享。事以知之，情以动之，理以晓之，我认为这应该算是大量大爱。我所了解的谷以成是这方面的行家里手，作为一名优秀的纪检监察员，他还是一位优秀的作家，曾以《金陵小巷人物志》获得省级重要文学奖项"紫金山文学奖"。同题材的著作也不是第一本，他自有其说事的技巧，通情的门道，达理的才华。我完全不担心这个。我担心的是，他一个人的力量过于薄弱，在浩瀚的图书出版，以及更多的文艺样式中,我们能够获取的同类题材作品,太少太少,他会不会感到责重而心累。长期以来,这个行业沉在沧海之中,其力量推动社会文明进化,有着看不见的波澜壮阔,有着察觉不到的情声并茂。清风不弄潮,浑气来作浪,这个行业的苦心与辛劳,往往被神秘的面纱笼罩,被误读的雾霾覆盖,太多的故事在口传之间走形,最终成了八卦。而八卦给人们留下的印象,像游戏,像编排,文过饰非,无奇不有。"老婆捉奸在床,他写血书发毒誓痛改前非,仕途并未受影响。开始还重合同守'性誉',不久又旧病复发,拿贪的钱去博千金一笑。但那女子并不满足,竟要鸠占鹊巢,并以举报发艳照要挟。"比如这篇《艳事》的故事,在贪腐传闻中并不鲜见,我们听到这里,倘若没有一个真正的知情人来告诉你结果,"八卦"给出的答案,一定是"小三举报,妻离子散",因为"二奶反贪"几乎已经成为社会舆论的一种逻辑。可真相呢?亲历这件事的谷以成告诉我们:"老婆知道了,平静地说:'你赶快去自首吧,这样才能一了百了。不管坐多少年牢,我和儿子都等你。'"真正反腐的,最终一定是"正能量",大情大义,简直是振聋发聩。我们为什么不去传播这些故事呢?此情此义,在目前的世风下,难道不是一场润物好雨!从另外一个更为开阔、更为感性的角度,为自己所在的这份事业开宗明义,广布正道,我想,这大概也是谷以成精心收集和苦心撰写这些故事的缘故吧。再说，成书之前，部分故事在南京市纪委的"钟山清风"微博平台发布后，引发了大量粉丝关注和追读。某种程度上，《请喝茶》是在热情读者的"挟持"下出炉的。

我与谷以成作为同行，有机会在工作交往和会议场所相见，点点头，给个笑，握握手，抱抱拳，我秉承我的文弱，他释放他的豪放，我们从未有过私交。《请喝茶》给了我们在更亲切的层面上以文会友的机会。他是受表彰的杰出检察官，在业界的名声如雷，其文采也早已蜚声，我不敢妄想为他的书作序，这点茶话酒语，算是读后感。当有幸。

2015/11/3，玄武湖畔秋深深

目录

002 密会	028 土豪	054 三服
004 抓现行	030 诳语	056 饭局
006 预付款	032 移步换景	058 效果
008 值得	034 急症	060 意外
010 回家	036 电话	062 英雄
012 艳事	038 迷信	064 转向
014 常识	040 起赃	066 先知
016 爱情	042 痛苦	068 回望
018 机宜	044 未竟	070 新手
020 错爱	046 忏悔	072 赴宴
022 专案组	048 白头	074 热线
024 秘诀	050 零花钱	076 眼神
026 用心	052 悲喜剧	078 情为何物

080 负责	106 惦念	132 风声
082 除夕	108 本来	134 了
084 无助	110 朋友	136 传达室
086 心理	112 路遇	138 意外收获
088 聚会	114 内助	140 自爱
090 遭遇	116 世界	142 偶然
092 命运	118 初次	144 意思
094 表演	120 无奈	146 想通
096 结局	122 良心	148 抑郁
098 着陆	124 天下父母	150 冤
100 有才	126 嗜好	152 当初
102 死而复生	128 大姐	154 天知地知
104 阴阳界	130 学费	156 对账

158 负责人	184 补偿	210 基友
160 神色	186 一句话	212 临了
162 某某	188 私房钱	214 老板
164 忙	190 丁字路口	216 道
166 婚礼	192 疏财	218 大门
168 现场	194 证明	220 幸福
170 承诺	196 迷津	222 意想不到
172 二指禅	198 双面人生	224 酶
174 捞人	200 您也来办案	
176 后果	202 尽孝	
178 能人	204 单据	
180 正字	206 连续剧	
182 声泪俱下	208 选择	226 后记

Have some clean tea, please!

密会

约在茶社的小包间里,他进门时还回头看了看,围巾把头脸裹得严严实实。说话时捂着嘴,竭力改变声音的传播方式。末了说:"这举报我可是把全家性命都搭上了,不要让我失望。"看背影迅疾闪出,不禁悲从中来。空坐良久,那杯没动过的茶,还有着温度。

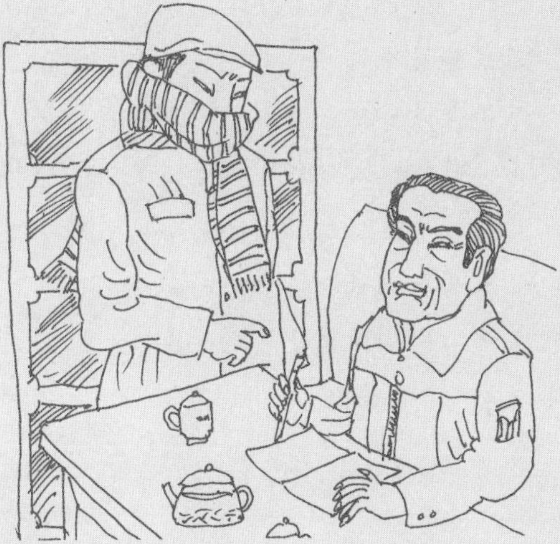

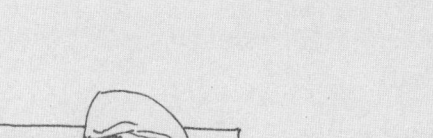

抓现行

情报绝对准确，将有一场好戏：次日下午两点，地铁站口，一次秘密的交易，一官一商10万元。受贿案件抓现行打灯笼都难找，大伙都摩拳擦掌，强压兴奋。但即将临门一脚时，"路人甲"们却接到了头儿的指示：阻止交易，分而治之。

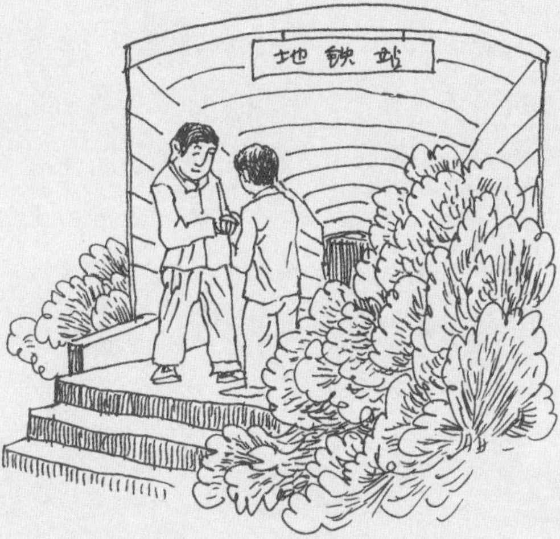
地铁站

预付款

父亲住院十天,气色逐渐好转。2万块钱应该早就用完,却不见催款,他赶紧去查,居然有人打进5万元。问遍亲友,无人应承,调看录像,是个陌生女子。他把最近查的案子翻了个遍,理不出头绪。只好存5万块到廉政账户,把存单和情况说明交上去,但感觉却像吃了个苍蝇,常犯恶心。

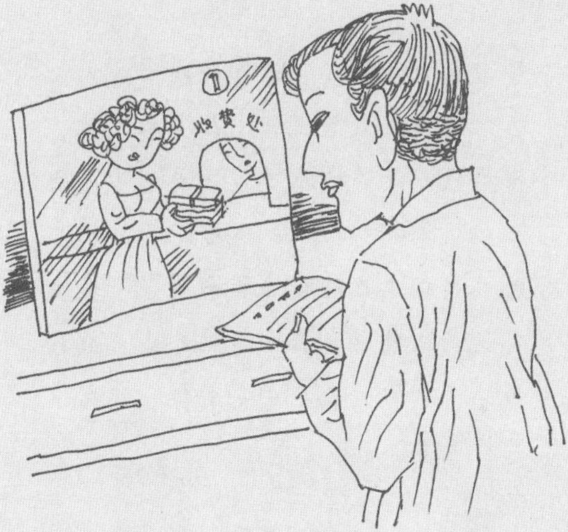
收费处

值得

那个退伍兵拐了几道弯找到他,从20万的退伍安置费里拿出10万给了他,那些钱都是在雪域高原一步一步走出来的。终于如愿以偿地成了他的下属,退伍兵见他便正声喊首长,挺直身板听他教育训话布置任务做廉政报告。听别人议论他们的关系,退伍兵觉得很值得也很自得。

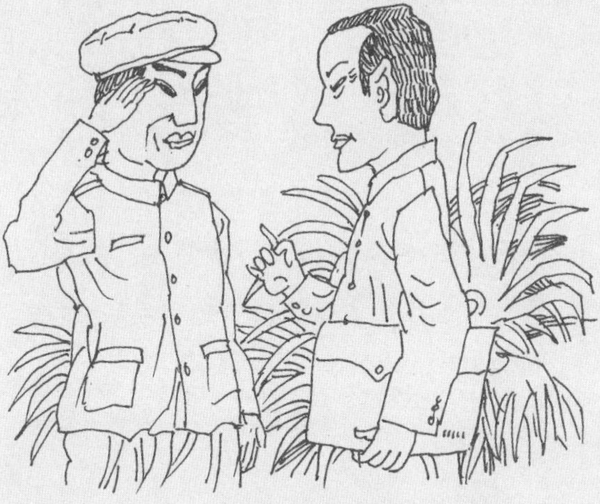

回家

虽然问题不大,没有转到其他地方,但是从这里出去,恐怕再没资格像从前一样了。一个念头在眼前闪过。旁边陪她回家的这位,没有了刚才谈话时的严肃凌厉,倒现出女人的温柔细碎来,跟她聊做女人做母亲的种种苦乐,还互看手机里的儿子照片。到家了,老公在小区门口迎着,说"等你呢"。

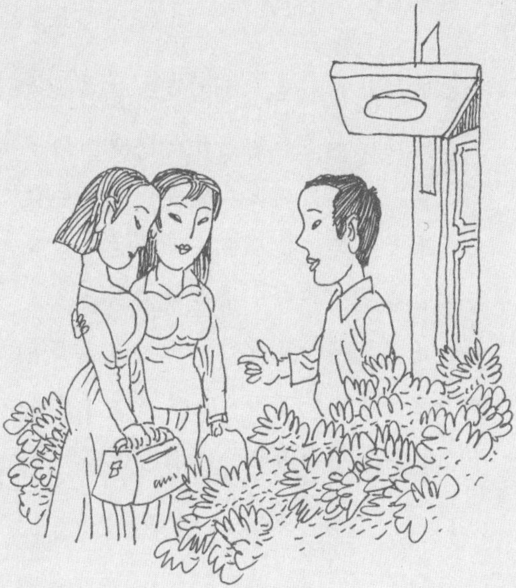

艳事

老婆捉奸在床，他写血书发毒誓痛改前非，仕途并未受影响。开始还重合同守"性誉"，不久又旧病复发，拿贪的钱去博千金一笑。但那女子并不满足，竟要鸠占鹊巢，并以举报发艳照要挟。老婆知道了，平静地说："你赶快去自首吧，这样才能一了百了。不管坐多少年牢，我和儿子都等你。"

013

常识

"两规?凭什么啊?""凭党章,你是党员,常识你不懂吗?""我现在就是普通公民!""你的意思是要先退党吗?那你主动提出来,明天到局里开党员大会,履行程序。然后,宣布除名,当然你也不再是局党组成员了。想好了?""……"

爱情

休了结发，娶了空姐，他相信前半辈子白活了，现在才找到真爱。事发前夕，他说："证件我都给你办好了，我们走吧，走得远远的，一切从头再来好好过日子。"她说："好，我跟你到海角天涯，但要先去跟我父母道个别。"没等他感动得流泪，旋即被抓。

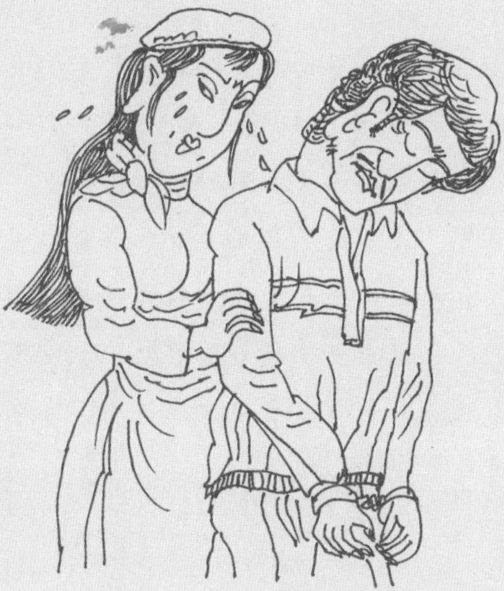

机宜

母亲胆囊结石住院，同病房的老太太很在行地面授机宜：至少准备三个红包，主刀医生、麻醉师和护士长。不然，手术结果和恢复得咋样就难说了。母亲便把几个子女召到病床前开会，会议决议是入乡随俗吧！他没有反对，只说："要送你们送，另外别说我是干什么的。"

019

错爱

老婆说:"你还记得那个跟我们儿子很要好的小朋友吗?今天是外婆送到幼儿园的,孩子一脸的不开心,本来都是妈妈送的,听说给你们喊去谈话了。"说完就叹气:"做妈妈的怎么不为孩子想想呢?"老婆不知道,那个女子贪那么多钱,也说是为孩子着想,为了他上名校漂洋过海过好生活。

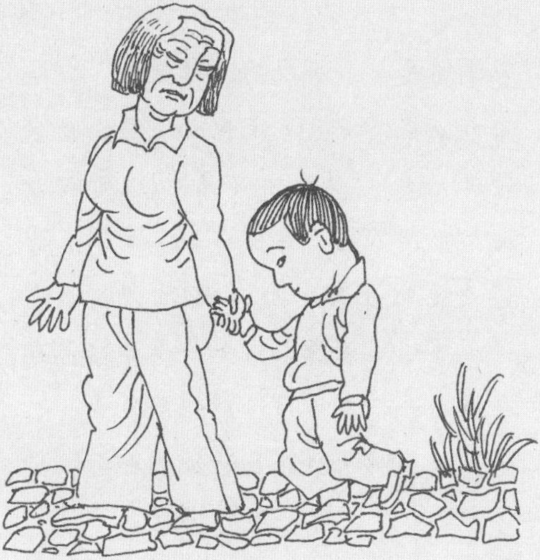

专案组

专案组是个很神秘的临时组织。公检法司商税财审，天南地北，男女老少聚在一处，形散神不散，术业有专攻，杂而不乱，井然有序。时间长的还设临时支部，纪律极严。下设谈话、外调、保障、综合若干分组，或单线或平行或贯通，对组长负责。组长高深莫测，科处局厅级别都有，指挥若定，谈笑间樯橹灰飞烟灭。

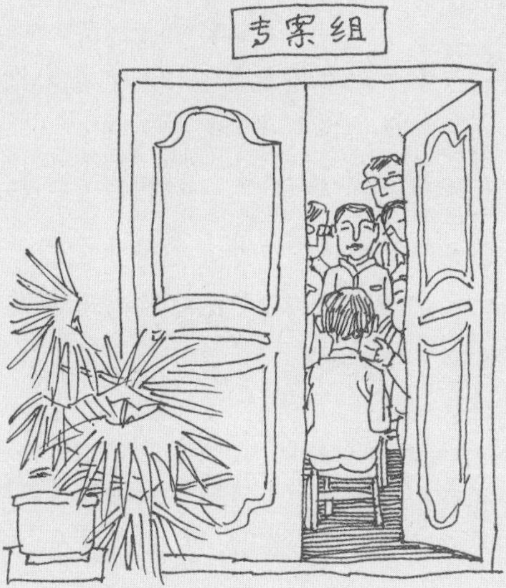
专案组

秘诀

新兵蛋子向老把式虚心讨教办案的技巧与规律,得到的回答是:不知道。当时觉得很是难堪。几年之后才悟出:三个字要顿着读,而且是个递进关系。遂谢恩。遇有新人问同样问题,亦如法炮制。

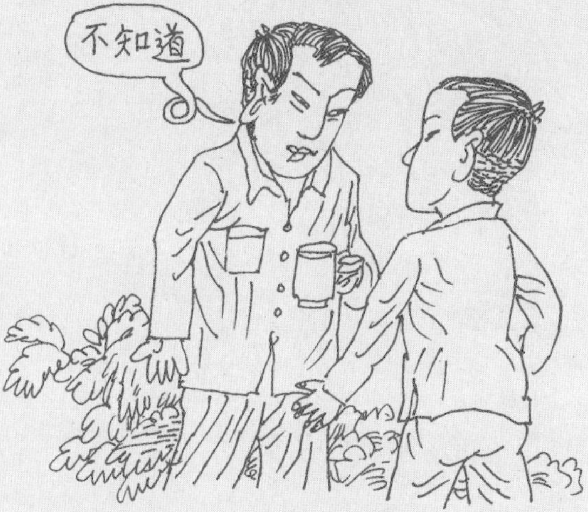
不知道

用心

"不想谈问题,就说点别的。孩子高考考得不错吧?听说这会儿正和同学在黄山玩呢!""是呀!这孩子还算争气。""你看看这个,案件前一个月就已经批准立案了。但是,到今天才找你,知道为什么?""……你们用心良苦啊!再不说,我的良心就让狗吃了。"

027

土豪

按照违纪对象的交代，两人到东北起赃。52万现金，密码箱塞得满满当当。办好暂扣手续已是傍晚，脑海里竟全是惊悚片情节。咬牙住进一家大宾馆，躲在房间吃泡面，换班睡觉轮流看守窗帘后面的箱子……就感叹：

"做过路财神就这熊样了，真当个土豪还不累死？没意思！"

029

诳语

行贿人指指右半边凹陷的头颅,"你拿手指一戳,我就一命呜呼了,车祸以后早已看淡生死,一心向佛了。"然后左掌按于右掌上,拇指相接。看他死猪不怕开水烫的样子就又好气又好笑,那就借佛说事吧。"佛家不打诳语,否则要遭报应的,而且现世报!"对接的拇指便错了位……

031

移步换景

平时抽烟只认"软中",有时别人敬的杂牌烟,他便客气地放在一边。进来几天后,看办案的抽金南京红南京,竟如苍蝇见血,讨要一支,大口吞吸,直到过滤嘴的焦味散出。意犹未尽,讪讪地笑着,一口烟牙。此一时彼一时啊!

033

急症

谈话正在节骨眼上,突然那位身子一软,滑到地下,手脚抽搐,口流涎水。这边两位顿觉五雷轰顶,办案子最怕这一出了。立马呼唤驻点医生。医生搭脉搏翻眼皮试呼吸,大声说:"赶快送医院!"同时眨眼示意,大家便全退出。半晌没人理会,监控里看他擦嘴张望活动手脚种种,笑得岔气。

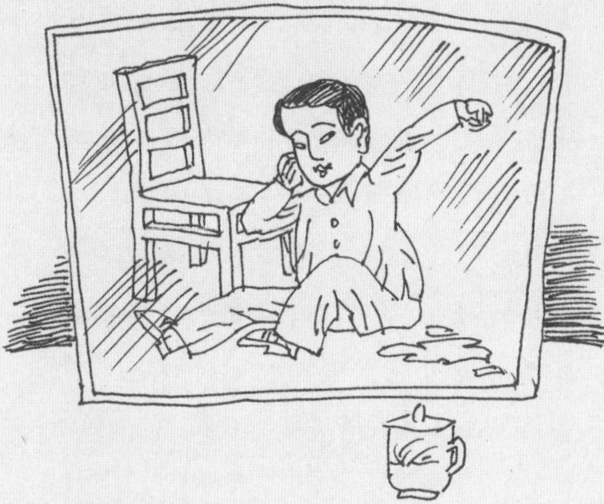

电话

突然接了个电话。"我是某某的秘书,首长让我跟你说一声,你们查的那个事儿,情况很复杂,大差不差就行啦!""是是是,请转告首长,一定照办!""首长说了你这两年工作干得不错啊!""谢谢首长!"他都懒得去查号码,核人头,对口音,就让那人去意淫吧。

迷信

谈话房间随机安排在014，不料他死活不进，说："这不是要我死吗？"办案人员就逗他："进018你就要发了？"这样的人对现实恐惧，对未来忧虑，六神无主，一桶糨糊。果然，稍加引导，就交代了问题。末了指着裤腰带上的护身符，自嘲地说："这个还是峨眉山求来的呢，好像也不灵哦！"

039

起赃

床底下那只旧箱子里，整整齐齐地码着150万人民币和52万美元，勒着封条。为减少环节，请银行带了点钞机跟着。钞票因为受潮都粘连起来，点钞机很吃力，两台都点到瘫痪。问他这样不会烂了吗？他说不敢用也不敢存。就这样，心惊胆战地给人家做了几年的保管员。

041

痛苦

专案结束，三五盘小菜，几箱金陵干啤，权作祝贺。聊斗智斗勇困难迷茫趣闻轶事花边八卦，紧绷的身心得以放松。逢此，他必醉无疑。不是激情于成就喜悦，而是纠结于内心矛盾，于国于家于情于理，都是不得已而为之。他只能拿医生对比求安慰：手术是痛苦的，但是避免了更大的痛苦。

043

未竟

涉案600余万,大部分已经查清,只有一笔80万因为行贿人在国外,多次联络,不肯出面作证,又够不上条件申请动用更大的组织。头儿说也只能如此了,案子移送检察机关吧,作为余罪,有条件还可以追诉。事实上,几乎所有的案件都有遗憾,不管是广义上还是个案上,主观上还是客观上,都不可能穷尽。

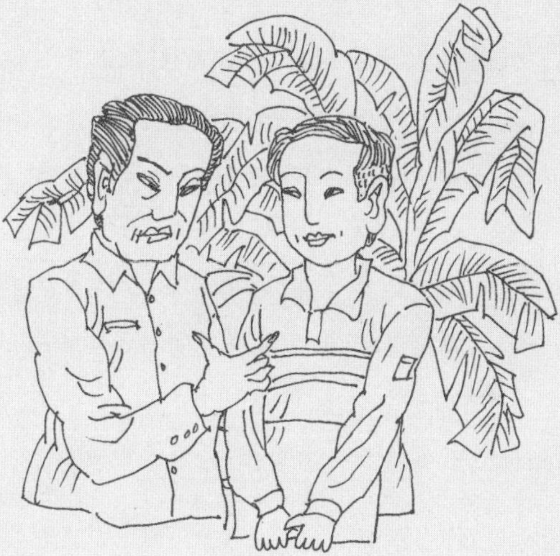

忏悔

在法庭上做最后陈述的时候,他声泪俱下地表示忏悔,说不学法不懂法不守法等等。当初调查案件的三位去旁听,对视一笑。啊呸!穿开裆裤的时候大人就教过,别人的东西不能拿,怎么裆缝上了倒要从头学呢?然后每人给他一个词做总结,曰:虚伪,肉麻,不要脸!

白头

在被告席上再见时,感觉他一下子苍老了许多,尤其是那一头白发,是一夜愁白了,还是原来真实的黑被掩盖了?从前,他的头发一丝不苟根根有交代,意气风发的样子,电视里常见他在全市版图前说与百姓切近以及遥远的事情,间或会抚一下自己的头发。

零花钱

去美国考察之前,有人给了她2万块美金做零花钱,"那边一碗方便面都要几十块呢!再说,难得出去总要买点小礼品回来散散吧。"几年后,她从一个人那里拎回来一只密码箱,里面整整装了46万美金!换成面条,吃完也遥遥无期。这个靠倒腾土地受贿的女干部,还真就被判了无期。

051

悲喜剧

开庭前,获知行贿人要到庭作证,看来家属做了动作。庭审开始后,被告人就起诉书指控的犯罪事实进行陈述,全部认罪,请求轻判。但行贿人不明就里,上庭后一口咬定一毛钱关系没有,说过去承认送8万元钱是被逼无奈。律师惊诧尴尬。后那人被定了行贿与伪证两罪。一出悲喜剧。

三服

这里的"铁案"标准与别处表述不同,曰"三服":口服,心服,神服。是进阶也是境界。着眼于人的本身和本性,但是政治经济社会法律案里案外本人家庭多重效应又都融入其中,方能渐次达到。服刑了几年的,还会通过狱警传信:"我想见一见纪委那个办案的同志。"

055

饭局

坐定以后，一一介绍，他觉出掉进套子了，暗骂同学："你个王八蛋不是害我嘛！黄泥巴落到裤裆不是屎也是屎啊！"他发短信给同事求援，回信曰："立即赶往某处开紧急会议。"他给同学看了，起身告辞。同学送至门口，面有愧色说我也是受人之托。他顾不得人来人往，当胸一拳，打了走人。

057

效果

他受邀到某单位讲警示教育课,结束时局长一直送到门口,说这课上得太生动太及时了,深受启发深受教育云云。他顺口说了句:"既然深受教育,知道该怎么做了吧?"也是就工作泛泛而言,并无所指。谁知第二天,那局长找到他,抖抖呵呵地交了两万元的购物卡。还说,你的课我复习了一宿。

059

意外

回家路上,后面上来个出租车,将他的摩托车往路边一别,绝尘而去。幸亏路人帮忙送到医院,右腿骨折,躺了大半年。同款的出租车全城有几百辆,那段新开的路又没监控,连交通事故都定不了,自然也没有定为工伤,至多是个意外。老婆说:"你迟早把我们变成孤儿寡母!"

静

英雄

想当年金戈铁马,气吞万里如虎。他经办和参加的案件不下三位数,其中有的震惊全国,主角官至四品,现在还在里面。但报摊前的这个瘦老头是他吗?想安慰几句,却说不出来。他倒是乐乐呵呵,说:"送报纸锻炼身体呢!高血压糖尿病全没啦!瘦归瘦,筋骨肉,硬朗着呢!"

063

转向

门脸很小,墙上胡乱地写着"礼品回收"四个字。但生意极好,来者多低首遮颜行色匆匆,卡啊券啊一掏就是一打,还有烟啊酒啊高档的各种玩意儿,悄然间就能做成几万块的生意。但现在门可罗雀风光不再了。他把"礼品回收"的"礼"字,改成了"废"字。

065

先知

每次那个什么局长来饭店吃饭，司机送了人之后会悄悄地返回，或搬箱啤酒或拿条中华烟，说："记局里账上！"我就对老婆说："这个局长的钱以后怕是赚不到了。"果然，不出半年，局长被抓。——以上情节系餐馆老板提供。高手果然在民间。

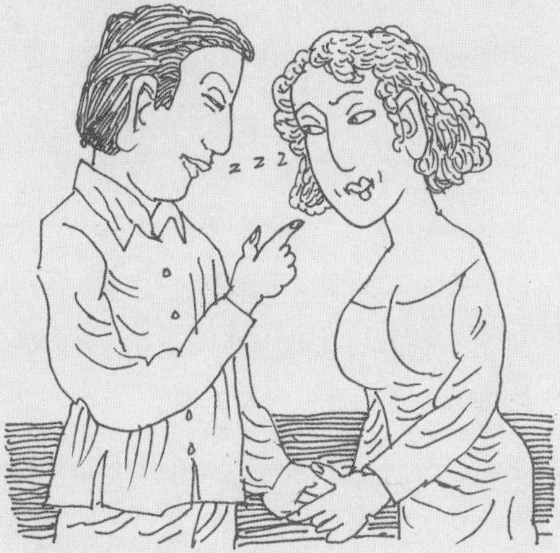
z z z

回望

庭审被设计成了了警示教育现场。循序渐进，波澜不惊。罪名受贿，刑期10年半，罚金50万。服判，不上诉，显然早有准备。倒是离开法庭那一刻，被告人的目光从亲属、同僚、旧部等人脸上划过时，那深浅不一难以捉摸的笑意，给人印象深刻。

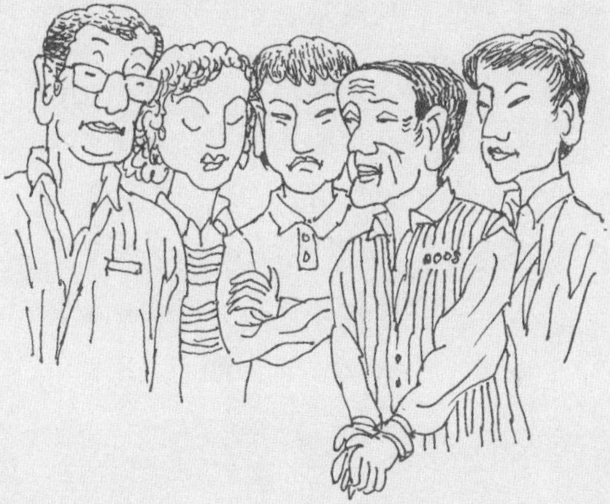

新手

对手是个道行颇深的处长，嘬起嘴转着圈儿吹着纸杯里漂浮的茶叶，"小伙子，有什么事抓紧时间，我下午还要主持个会。"刚入行的"小杆子"倒也不急，指间悠闲地玩着转笔。"下午的会包括以后的会，都安排好主持了。"那位便僵在那儿，接着就如针戳气球松垮下来。

赴宴

有人约饭,犹豫去不去,听说有人会躲在饭店附近小树丛里拍录像呢。对方说安排在一个单位食堂,就几个人。他叫司机换了私家车,在离目的地百余米的地方下车,左顾右盼,确认没有可疑人等,才进去。见了几位都是老熟人,才算放下心来。感叹:"怎么像偷人似的。当个芝麻官容易吗?"

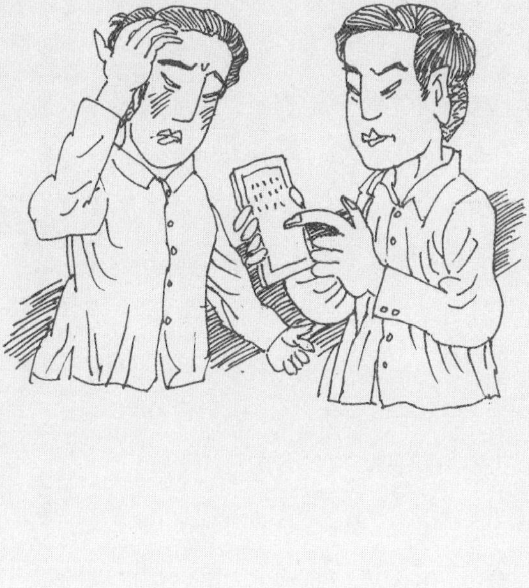

热线

到专案组,还带着初中课本,千里之外给女儿辅导,一会儿是数学,一会儿是语文,说到手机发烫,末了总是:"乖乖的啊!""妈妈,你什么时候回来啊?""快了,快了!"手机屏保上女儿灿烂地笑着,笑得她心疼。

075

眼神

基础训练五花八门，练眼是其一，如戏曲的眼功。眼睛是心灵的窗户。先练"定神"，集中目标，不散不眨不动。实战时还透着坚定坚毅坚强，对方一般不敢对视，或低首或避让或偷窥后迅疾收回，坐立不安，汗水涔涔。无他，心虚耳。进阶训练则是要能看清窗户里面有什么，学问极深。

情为何物

漂亮但心气很高,高不成低不就地单着。也是奇缘,那天跟帅哥客户一下对上眼了,有情人终成家属,幸福像花儿一样。忽一日老公说要辞职另创大业,三五年内必定买房买车,但缺少资金,她踟蹰再三挪了公司30万。结果如你所知,赔了。又接着挪,直到200万时被抓。知者莫不唏嘘:问世间情为何物?

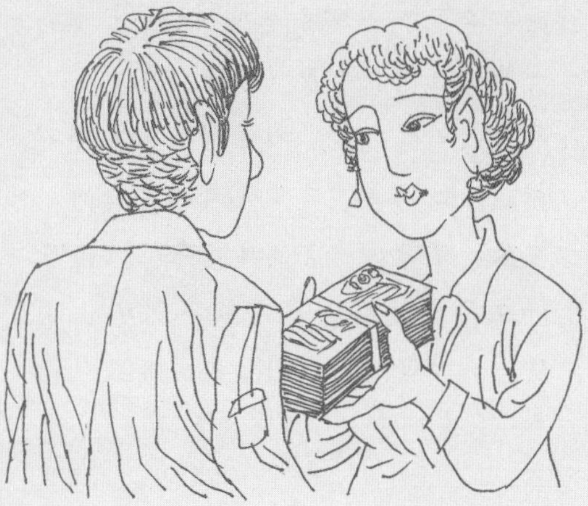

负责

刚到两天，一下子交代了100多万的受贿，还意犹未尽。如此"态度好"反让人心里打鼓。叫他打住，先静一静。经过核实，只有60余万是真的。原来，他精神一直高度紧张，以为多讲就是态度好，就可以得到从轻处理，说"没想到你们对我这么认真负责"！我们说："不仅仅是对你。"

081

除夕

四个菜,有他喜欢吃的红烧肉,一瓶红酒,一大盘饺子。"没办法,只能让你在这儿过年了。给家里打电话拜个年吧。""嗯,嗯,好……他们在陪我吃年夜饭,还喝酒呢。""新年好!干!""谢谢……新年好!""一会儿看看春晚,早点睡啊!你睡眠不好。"

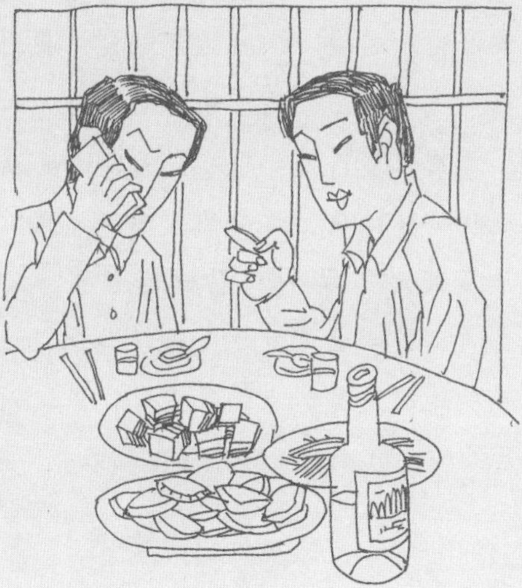

无助

案件讨论完毕，人都散了，留下他自己。他觉得办公室空旷无边，无形的压力把他变得很小很小。天塌下来都能扛得住的他，这会儿却特别无助。每逢此时，就会到附近的湖边去跑步，不停地绕着湖跑，大汗淋漓，他喜欢这种没有终点的感觉。间或，对着天空大声地吼，如荒原上的狼。

085

心理

虽然交代了问题,但他又心有不服,说:"现在哪个屁股干净啊?比我贪的人多呢!"叫他检举立功,他又说不出个姓甚名谁。正是这种比恶比坏和自欺自恕的阴暗畸形心理,牵带着许多人在贪婪的路上越滑越远,还不自觉。就是现在,还会有人这样想。

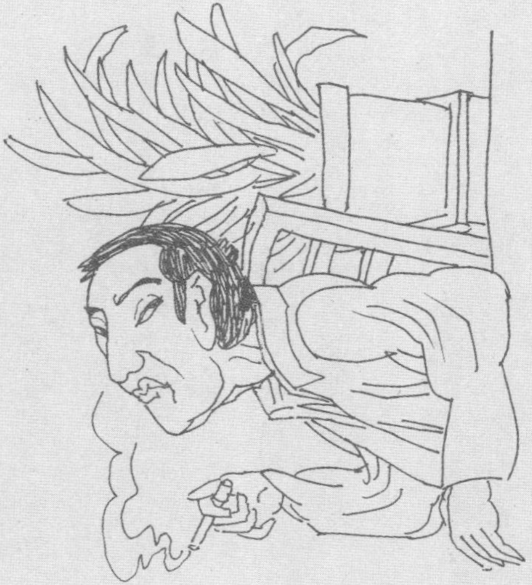

聚会

同学聚会，都拿他说事。"以为你不会来呢，请你吃饭不容易啊！""哎，今天我们是私人请客，跟公款没关系哦！""老同学，我要是有点小腐败，能不能高抬贵手啊？"都是拖鼻涕时就在一起玩的发小，他也不见气。"照查不误！别以为吃你的嘴软。酒肉穿肠过，原则心中留！"

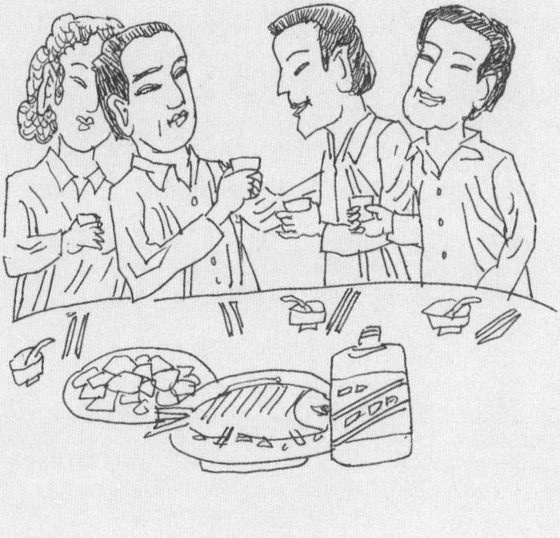

遭遇

不期而遇。判8年怎么2年多就出来了？看他西装革履满面红光，与当初痛哭流涕下跪悔罪模样判若两人。递上的名片是公司老总，夸张地说："老朋友又见面了！以后多关照啊！"大概喝了不少酒，下台阶时，一个失足，差点摔倒，本不想扶他，但本能地还是扶了，又嘱咐他走好。

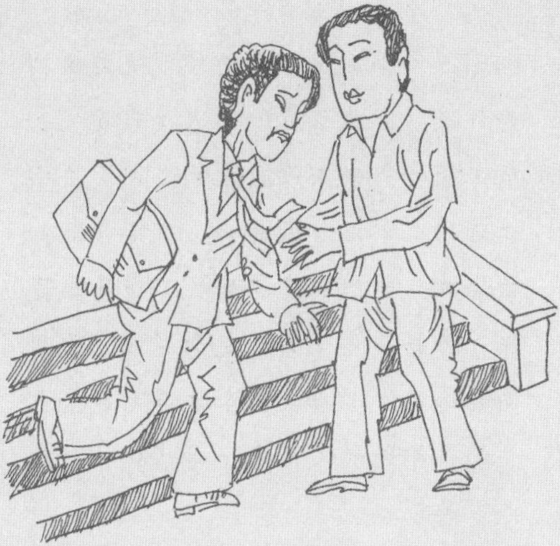

命运

从十万大山走出来的时候,他是全县的骄傲。当然,这一切也是残疾父亲从土里一点一点刨出来的。研究生毕业进到三甲医院做会计,改变命运的信念日益强烈。在一切机会中寻找捷径,但并没意识到会走向深渊。临到要移送司法之前,请求说能不能给点盘缠让年迈的父母来一趟,他怕以后见不到了。

表演

在调查之前,搜集研究了他近年来的各种工作信息和讲话材料。问他:"你在台上说了那么多令人振奋感人肺腑催人泪下的话,自己内心信不信?有没有觉得照本宣科言不由衷?"他并不尴尬,说已经麻木了,戴上面具说给别人听罢了。惊叹于他演戏的逼真,北影上戏不录取他,是一大损失。

095

结局

抓到的时候,他长嘘了一口气,说:"就等着这一天呢,谢谢你们!"他知道必然的结局缘自当初的伏笔。逃亡的途中,隐姓埋名,打工挣钱,过简单的日子,赃款的存单一分钱都没动过,为的是归案的时候能说得清楚减轻处理。但始终没有勇气迈出主动关键的一步,令人叹惜。

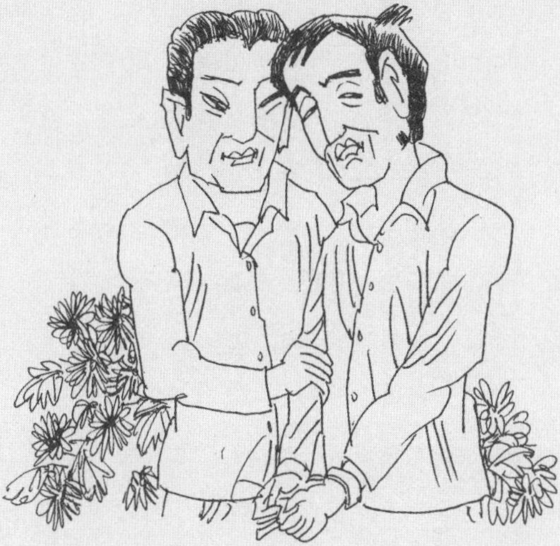

着陆

拿到退休证,一颗心也落了地,平安着陆了,他高兴地喝了半瓶红酒。他只是个小吏,说不上兼济天下,但也算独善其身。当然,老婆偶尔也会数落,诸如跟他没过上好日子啦,没给女儿安排好工作啦。他就斥责说:"真是妇人之见!组织上还给我养老送终呢,比起那些在牢里的,赚大了!"

660

有才

到监狱见他的时候,他正在给来接受警示教育的一批官员现身说法。这是可以为减刑加分的。从家庭出身、成长经历说到一念之差、走向深渊,从深刻反思、教训沉重说到改过自新、回归社会,完全是专业的态度。情真意切,催人泪下。的确,相当有才,可惜以前才能用歪了。人心向恶的时候,才能也许反而是帮凶。

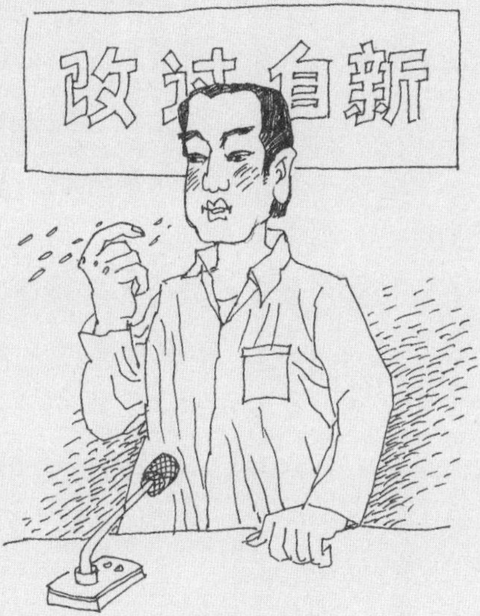
改过自新

死而复生

虽然也认账认罪，但死活不肯说出贿款下落："就明说了吧，我只能活半年了。"他是想用苟延残喘给家人留一笔财产，如果是真的，让人悲悯。于是，一切停顿下来，带他到最好的医院，逐项检查，结果证实：虽病变，犹可医。他扑通跪下，说是你们让我死而复生。

103

阴阳界

葬礼井然有序地进行完毕。他逐个向参加吊唁的亲友谢别。最后，接过两个陌生人摘下的黑纱和白花，说："谢谢你们为我父亲送最后一程！到这儿看看，什么都想通了。我也不想再跑了，在外面东躲西藏心惊胆战的日子真不是人过的，真是应该节哀顺变。"

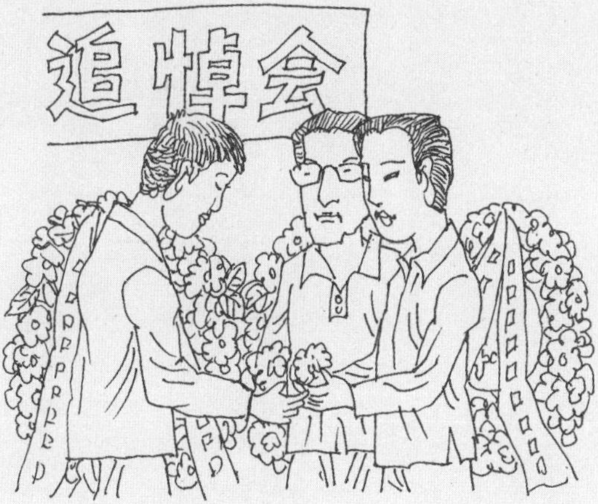
追悼会

惦 念

谈话艰难地进行中。他总是惦念着住院的父亲，唉声叹气，怕见不上最后一面，酿成不可原谅的终身遗憾。

"我们去看一看老人家吧！"——他几乎不相信自己的耳朵。在病床前，他跟转危为安的父亲说："我要出趟远差，您好好保重！"回来后，谈话继续进行中。

107

本来

本来，还有几个月就要平安着陆怡儿弄孙颐养天年了；本来，年底要回老家给父母过九十大寿；本来，要陪老伴去黄山桂林张家界；本来，他一直是一个善良正直勤勉朴实令人尊敬的形象；本来，他的家庭和谐亲睦门风纯正享誉乡里……本都没了，哪有来呢？世间最悲哀的莫过于"本来可以"。

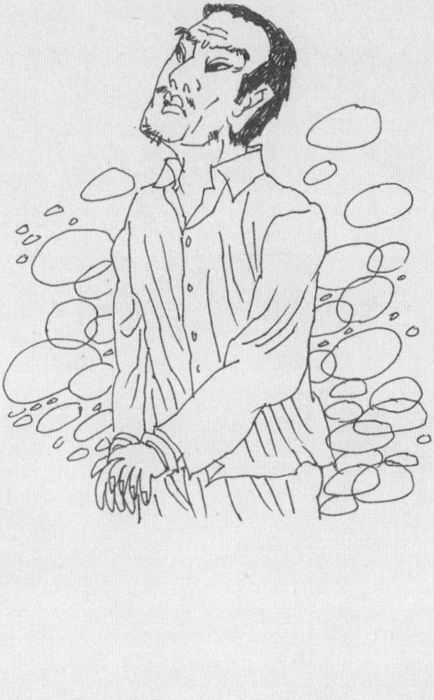

朋友

内心城池失守之后，他后退一步给自己定下"三不收"规矩：亏损企业不收，国有企业不收，不熟悉的人不收。尤其第三条，那个包工头是跟了他十几年的朋友，处得跟亲人一样，绝对不会出问题的。结果，恰恰就是这个朋友，在另外的案件中为立功自保，检举了他。这次，送了他13年的牢狱。

111

路 遇

难得陪老婆上街。突然，冲上来个女人，疯子似的，手指抵他鼻尖，说："你这个无赖，拿我10万块钱不还，做鬼都不放过你！"立马有路人围观。他懵了，说："认错人了吧？"女人说："你烧成灰我都认得！"看着骂骂咧咧的背影，这才记起，她的丈夫被查，追了10万赃款。自己很平常的工作，被人作为仇恨记了这么多年。

113

内助

像这样一起站在令人瞩目的台上，还是二十五年前婚典上。那时穿着喜服，台下是笑意祝福；这会儿穿的是囚服，台下是鄙夷嘲讽。也不能怪身边这个女人，再庸俗虚荣欲壑难填，也是他自己的选择。但是，堕落的巨大惯性究竟始于何时何事，已经理不出头绪。亲情琐碎，可能最不易察觉警觉。

115

世界

出来后,彻悟似的,在郊区租了五十亩山地,想学人种"褚橙",才感觉到世界变得陌生而艰涩。找旧友借钱,反复碰壁;要在一份申请上盖许多戳子,屡遇冷脸。老婆愤愤不平说:"想当初,五千亩地还不是你手一挥的事儿?真是落毛的凤凰不如鸡。"他觉着老婆好像是在说别人的故事,跟自己无关。

117

初次

彻底交代了问题，精神才算平缓下来，有空沿着来时的路，寻找当初的起点。那次只有2000块钱，但突如其来，让他措手不及，手脚都有点颤抖，跟做贼似的，头脑里小人在打架，几番尴尬的推让之后，还是勉强收下了。有了初一，就有十五。诱惑，侥幸，不安，适应，坦然，麻木。

无奈

电话显然是来打探虚实的,他心里很不是滋味。光屁股就在一起玩的小学同学,是他计划里的下一个。只能含沙射影旁敲侧击,做投案自首从宽处理的暗示,不知道对方听懂了没有。此后的半个月里,他一直盼望着电话再次响起。然而,他失望了。他只好对着那个号码说:"兄弟,对不住了!"

121

良心

他是个总工程师,在业界说话极有分量。但他并不一心搞技术,非技术的活儿做得也很有技术含量。经他不着痕迹的指点,许多公司总能顺利中标。然后,你懂的。当然,他每次都认真严肃地交代一定要把活儿做好,说做事要有良心。结果偏偏出了质量事故,还死了两个人。

123

天下父母

虽不比"三年清知府，十万雪花银"，但三年小所长，也捞了百十万，却都搭进赌窟了。每月只给父母300元生活费。被查了，父母死活不信，找各级上访说肯定被人设圈套陷害了，老太太如祥林嫂，从他上小学一直说到现如今，证明根正苗红。然后，老两口又变卖家产，为儿子代缴赃款，以求轻判。

125

嗜好

好打麻将，但十赌九输，屡败屡战。被老婆砸过场子，一度收敛；又被馋虫勾引，重登麻坛。老搭子外不断有新麻友，手气指数爆表，一圈数万入囊。麻友趁他赢钱高兴，请他喝酒唱歌洗浴，也顺带请他在工作上行点方便，他都爽快应允。出事后，辩解说赢钱所得不算受贿。

大姐

女人的身形和声势与男人的职位同步提升。在一拨官太太中喜欢当头,经常呼唤姐妹们搓麻足疗赴会所尝美食,把服装店往家搬,去韩国打肉毒素。口头禅是:"多大事啊?跟我家他说一声,不要烦了!"她便成了"我家他"的交通站,人来人往,静悄悄地热闹,还真办成了人财物产销许多事儿。有人提到她时候,称其"大姐",神秘而炫耀。

129

学费

对方提供了特殊的出国考察机会，他大笔一挥签了200万的单子。进的却是淘汰设备，撂在角落里经风雨见世面，关键技术还需另外掏钱。他做沉痛状，说学费确实比较昂贵，走向世界要学习的东西很多啊。要不是有纪律要求，真想抽他丫的！这够多少孩子学费啊！又要做什么又要立什么，没见过这么无耻的。只好拿出《廉政准则》和《刑法》中关于"渎职"的规定，逐条辅导他。

131

风声

系统里已经有三个人被请去喝茶了。他连日失眠,茶饭不香。特地请假去老家看望年迈的母亲,说儿子不孝,照顾不了您老人家。回来跟儿子说,考个理工科,不要像自己这样从政当官。开始对声音敏感,风声,雨声,敲门声,警笛声,电话铃声,打招呼声。妻子说:"要不你去……"他说:"再等等看……"

133

了

还没来得及请他喝茶,他就自己喝了药。留下了白发爹娘孤儿寡母和漫天飞舞的传言。有人记起他的好,说毕竟做过不少善事;有人惋惜他的错,说该当法办,但也罪不至此;有人幸灾乐祸,说早死早好,留着也是祸殃;有人拿僵尸唱戏,说是罪恶渊薮和赃款通道。年迈父亲一病不起,痴痴呆呆。他以为可以保名保利,一了百了。其实,善恶有报,岂止一息。

135

传达室

传达室是单位的咽喉要塞,进出口贸易平台,社会关系集散地。何人来,何人走;带了什么,留下什么——眼睛老花的师傅一清二楚,但从不在意从不多言。我他了解一个重要的情节,他说不知道,问急了,就说:"我一个下岗工人留口饭给我吃吧,你们要问我别人去。"说着,飞快地瞟了一眼大门上方。那儿,有一只监控探头。

意外收获

"知道为什么找你吗？"沉默。还是沉默。但肢体与表情并不沉默。接连地抽烟，额头上沁出许多汗珠。分明在说些什么。良久，似乎是下了决心。"我说了吧，不然，也是个心病，磨人。我收了人家10万块钱。"搂草打兔子，是个意外，本来是叫他来作证的。做贼心虚，果然。

139

自爱

寒门学子，十年苦读，靠做家教打零工出色完成了学业。投身社会后，甩开膀子干活，夹着尾巴做人，一步一步打拼，四十三岁已官至正局。"时来风顺滕王阁"，青年才俊，掌声响起来。谁会想到今天天塌地陷这一步？闻者扼腕叹息：容易吗？怎么这么不自爱呢？其实，也不是不自爱。他爱权势爱美人爱金钱要爱的很多，而爱作为稀缺资源是有限的，太多就稀释了。

141

偶然

"竟为贪恋名利场，偶然失足成罪身。"这是他忏悔诗中的两句。是的，从现有的证据看，他的违纪事实只是在分管基建后，拿了建筑商的一笔十几万块钱，看似偶然。但是，他已然忽略了平时吃吃喝喝礼品礼券的小打小闹。钱锺书先生并不认识他，对他的事情却早已预知："天下就没有偶然，那不过是化了妆的、戴了面具的必然。"

143

意思

"你托人给我的卡是什么意思？""一点小意思。""需要我做什么？""适可而止。""我半拉老头，值50万吗？""这个案件关键就是你一句话。""你是说我手里和背后的东西值这个价？市场上有卖这个的吗？花一百倍的钱也买不着！""……""就不追究你行贿了，捐给希望工程吧！还念着你的好。"

145

想通

病床上的他，完全脱了形，手术刀将他削了两圈。偌大的单间病房里白墙白被单里，露出一个头，显得特别微小。眼前飘过《红楼梦》大结局的场景。他让妻子把我放在他枕边的鲜花拿走。虚弱而勉强地笑着，叹息道："我现在彻底想通了，一切都是假的……"这话很让人费解，那什么是真的呢？当初起誓笃信的东西不信了吗？只好安慰他："很快就会康复的，出院了，还有好多事情等着你呢！"——由于职业的原因，他会不会对我的后半句话有其他理解啊？

147

抑郁

密切关注的对象之一。但是,听说他近来患了抑郁症,经常失眠,彻夜辗转。安定渐渐失效,反而增加了头昏脑涨心慌胸闷。便请了长假,不断到精神科神经科脑科医院问诊,效果并不明显。其间,还传出要走极端的情形。家人怕出意外,用铁栅栏把门窗都罩着。各种议论:这不跟坐牢一样吗?凡事都算计到小数点后七八位的人会抑郁?心里有鬼吧?这也是个技术活啊!怎么治愈呢?传言归传言,我们知道,必须摆事实,讲证据。

149

冤

一个大男人，竟然嘤嘤地哭了起来。"我冤哪！感谢你们为我平了反……不然，我就是跳进黄河也洗不清啊！""不是平反，纠正冤假错案才叫平反。我们只是对举报还原了事实，查清了真相，然后及时地告诉你，告诉大家。""我以为你们都是千方百计地查案办人，把人往里面整呢。""我们这才叫冤呢！当然，那是因为许多人对我们的职业和职责不够了解。"不知我者，谓我何求。冤，但不怨。

151

当初

当初,他是看不惯那些蝇营狗苟行为的,觉得很多东西包括人的尊严怎么可以拿去买卖?更何况还有党纪国法?但是,并非所有人都如他所想,也有反面教材。老婆常常拿谁谁不过是个小科长却吃香喝辣滋润得冒油来举例说明数落教育他的时候,他也会生出许多不平与愤懑。在好不甘心与坏不忍心之间,徘徊踟蹰。当遭遇"来都来了"和"现在社会上都这样"之类的魔咒时,他的脚步便凌乱了……

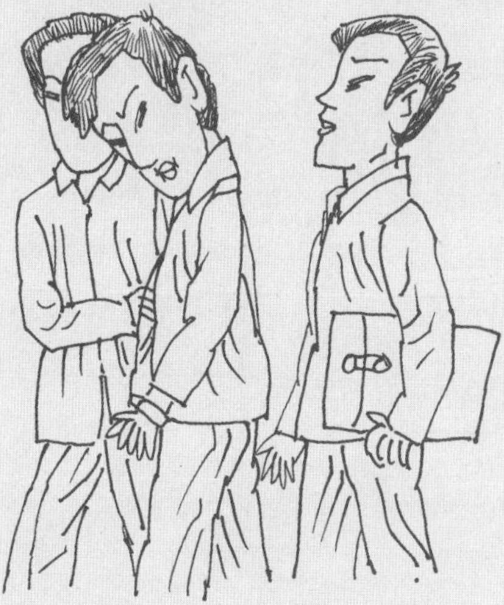

天知地知

等他交代完了问题,问他:"你不是和送钱的人说好了天知地知你知我知吗?"他就尴尬后悔:"我知道你们还有其他证据。唉,天知地知那是假的,说说而已;关键是信了他的鬼话了,不然我当时也不敢拿啊!""你不应该相信他,应该相信天地。人在做,天在看啊!"

155

对账

年轻靓丽的小会计被借到专案组协助查账。她并不情愿，不知哪儿来的印象里，纪委的人都是后槽牙紧咬，一张政治脸，严肃刻板，不近人情。但见到真人，颇感意外，主办人阳光帅气，几乎就是"男神"级别。这还不是重点。一段时间以后，她发现这个办了许多大案要案的临时同事真的很神。脑袋如同富矿，法律、金融、逻辑、心理、文学、旅游、足球种种，无所不知。有时老成持重，缜密细微；有时少年气盛，手起刀落；有时温情似水，动人心弦。专案结束时，她说我们还有一笔账要对呢。他问什么账啊？她说往来账啊。他问谁应收谁应付啊？她就看着他，两人对看。

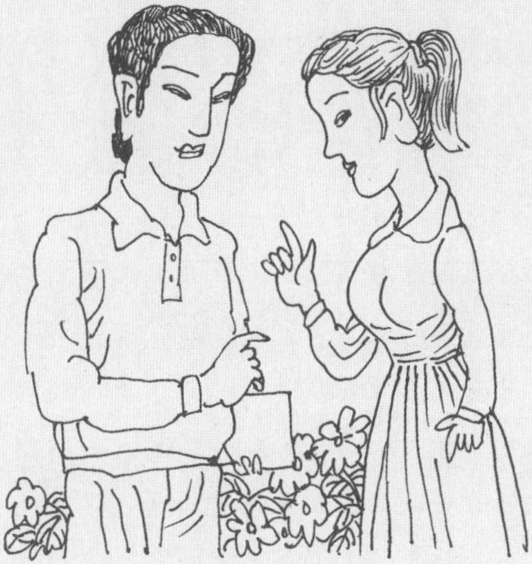

负责人

一个窝案,牵出六个人,有贪污,有受贿,有挪用,还弄出个"艳照门"。对一把手主体责任的失职要进行问责,他颇感委屈,说:"大会小会我没少教育啊!"问他除了教育还做了什么呢,好像又说不出所以然来。末了又无奈地说:"人都是活的啊,我怎么知道谁什么时候会腐败呢?"听了之后,真是无语了。连怎么带兵都不知道,看来仅仅问责显然不够了。

159

神色

席间，对方挨个儿发信封，他捏了捏，是两张卡。有人不动声色接下，有人客气地道谢，有人扭捏地推让，最后都揣进兜里。饭局继续。如宴席上若干道菜肴中的一道，稀松平常，神色自然。他是第一次遇到，却如揣着个定时炸弹，翻了一夜烧饼。第二天，鼓起勇气交给了领导，才长吁了一口气。之后，他便发现有人看他的神色总有哪儿不大对劲。

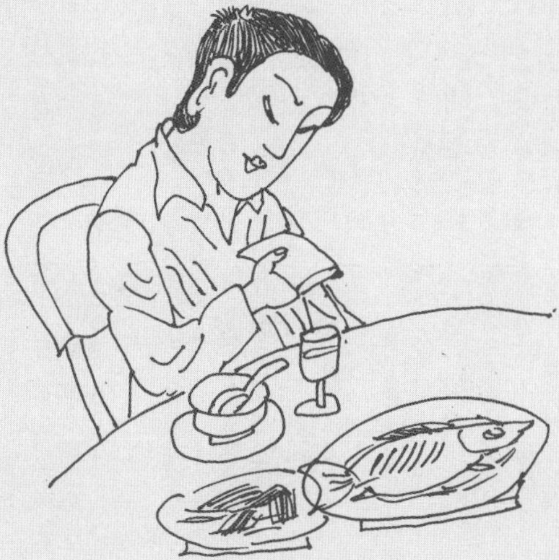

某某

这是一个比较隐晦却又内涵丰富的词。出于避讳、隐私、保密、曲意等多重考虑,在法律文书、内部通报、信息发布、新闻报道中,屡屡出现。或不知所云,或暗有所指,或引人遐想,或欲盖弥彰,很能吊人胃口,撩人心弦。虽是语焉不详,但两个字的背后都是活灵活现的具体的人和事。你懂的。

忙

病榻前,他还没来得及跟父亲说上几句话,手机就响了。他"嗯嗯"了几声,愧疚地说:"爸,我晚上要开会呢。"父亲虚弱地说:"我知道你忙,来看一下就行了。快去吧!你的事要紧,耽误不得。"他喉头哽了一下。出了病房,他赶紧打电话,忙不迭地道歉说:"王总,我马上就到!马上就到!是,是,罚酒三杯!不罚是孙子!……"

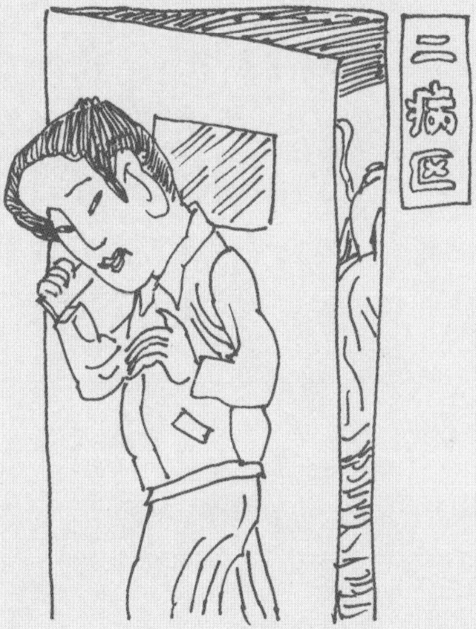
二病区

婚礼

老婆说:"儿子这刚结一年多就离了,这回是二婚,还要办吗?我们在地面上也是有头有脸的,面子上不大好看呢!"他就笑老婆头脑不够用,说:"人家女孩子可是黄花大闺女,必须风风光光地进门才是。不但要办,而且要大办!"又点拨老婆说:"婚礼,婚礼,重点不在婚,而在礼。"老婆做恍然大悟状,说:"当领导的考虑问题就是不一样。"

现场

他仔细研究刑警大队的勘查照片,这个传言纷纷的某局长(他们已经关注大半年了)办公室盗窃案的现场其实还是比较干净平常的,并不像外界传说的那样。但现场散落的几个信封引起了他的注意,信封的落款很杂,有政府机关的,有公司企业的,有的写有局长的名字,有的还标有数字。后来,这些信封都成了那个局长受贿案的重要线索,并作为定案的书证进入了卷宗。

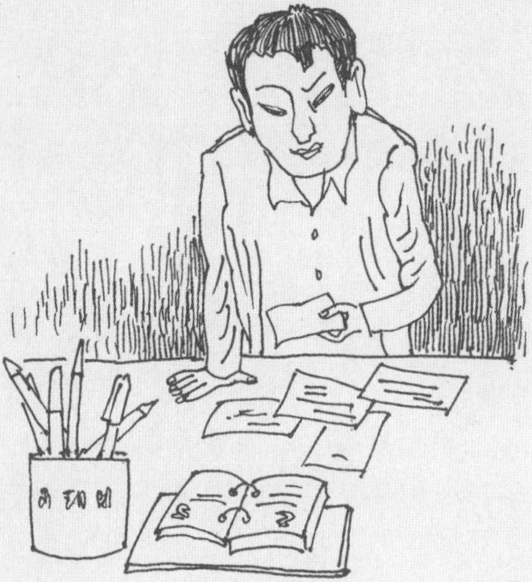

承诺

谈话对象提出要见专案组领导。这通常发生在某个微妙的节点上。话到嘴边,却顾虑重重;内心恐惧,也尚存侥幸;盼望宽大,又担心落空。绷了两天之后,组长见了他。他絮絮叨叨说了半天,意思是要组长给他一个承诺,便配合组织工作。组长说:"最近流行一句话你知道吗?叫做'不作死,就不会死'。"话虽随口一说,却也暗藏机锋,出自组长之口,分量更不一般。矛盾斗争两日,那人果然积极配合,交代了组织上已掌握和没掌握的违纪问题。

二指禅

谈话进入了胶着僵持阶段，那位反复在现实与往昔之间穿越，最后做茫然痛苦状，说："我实在是想不出有什么问题要交代的，能不能给我指点指点？"这显然是办案规则所不允许的，更何况面对这种一眼望穿的小伎俩？他决定顺水推舟，伸出右手食指与中指，说："我只能点到为止了。"结果，那位彻夜难眠。20万？200万？两个人？判20年？两败俱伤？两面三刀？锥子不能两头快？两害相权取其轻？百思不解，终于崩溃，只好一吐为快。末了，又追问那二指禅究竟何意？答曰："天机不可泄露。"

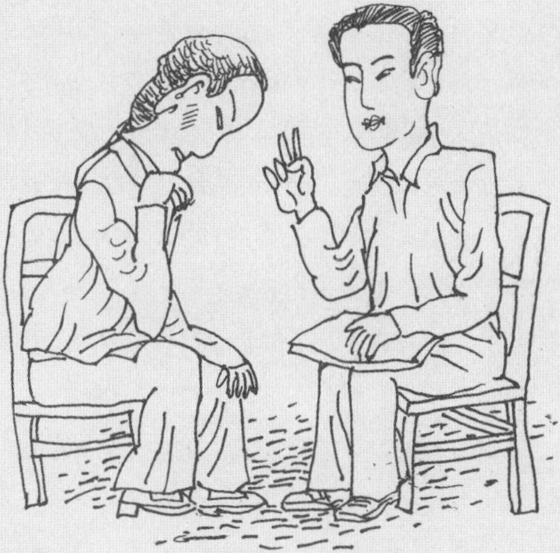

捞人

之前,都是通过中间人传话送卡,今天终于见到真佛。"大领导"身材魁梧,气度不凡,说话却慢声低语,仅在喉部共鸣,辅以耳语手势。席间不断接打手机,听称谓都是书记、市长、局长、老总之类。突然会手掌下按,大家便立刻噤声,听他"嗯、啊、好"的,"要把事情妥善处理好","这也是首长的意思"等等。最后,仰头干了一杯酒,说:"办正事儿吧!你老公的事儿已经说好了,下个星期出来。"——看上去,几乎没有什么破绽,但她心里还是打鼓,这50万的宝到底押得准不准啊?

175

后果

三高,两个支架,一个起搏器,饭前要拿针管扎肚皮。老婆拎着两包病史材料,到处喊冤求情。有人就提醒,还查吗?查出个人命来怎么交代?要考虑后果啊!又说,这样的人能坐牢吗?还不是前脚进去后脚就出来了?头儿说:"查!把人照顾好就行。能不能是一回事,该不该又是一回事。再说,办案也不仅仅是办人。"

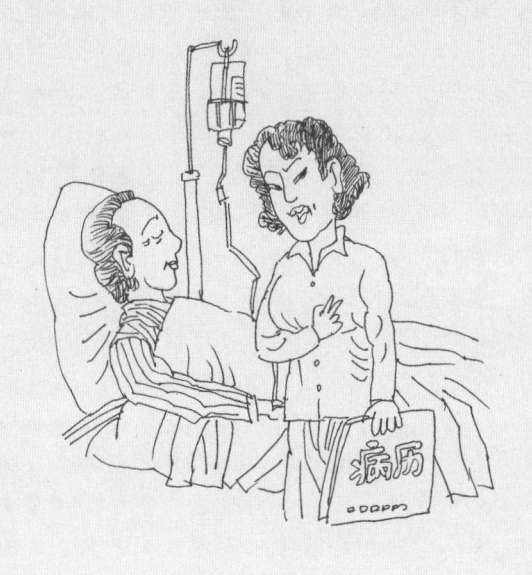

能 人

他在局里是个异类。整天神龙见首不见尾，岗位在行政处，却很少在班。隔三差五来一回，要么钻进局长办公室，要么到财务处报销大把的发票。人脉与见识极广，许多大路新闻多是从他的小道消息转换的；口头禅是"摆平"和"搞定"，能办别人用常规手段办不了的事情，小到弄个大客车给女同胞三八节活动，大到争取上级的巨额资金支持。也帮同事办了诸如小孩入托、买房打折、买春运卧铺等好人好事，被称之为"能人"，虽然大家对"能"的评价标准不甚了了，不尽认同，但确实有点人见人爱花见花开的意思。直到最近出事了，才又重新审视，分析总结说他不务正业、游手好闲、歪门邪道，出事是迟早的。有人哼哼说，还"能"呢，"能"字下面四个点吧！

正字

他第一次知道这种计数方法是在村里的窑厂,不识字的父亲在墙上用土坷垃画的,用来计算拉砖坯的车数;后来,车间推选支部书记时,工友们也用这种方法给他计过票。但再后来好像就很少用过。再巨大的数字,都可以浓缩成一张小卡片或者电脑上的几个按键。现在,竟然又用到了,并且是以一整天的时间换取一个笔画。写的时候,他凝神静气,尽量写得横平竖直端正齐整。当写满730个,他就可以跨出铁门,自由自在,正冠而行。这时候,他对古老的中国智慧充满了敬畏。

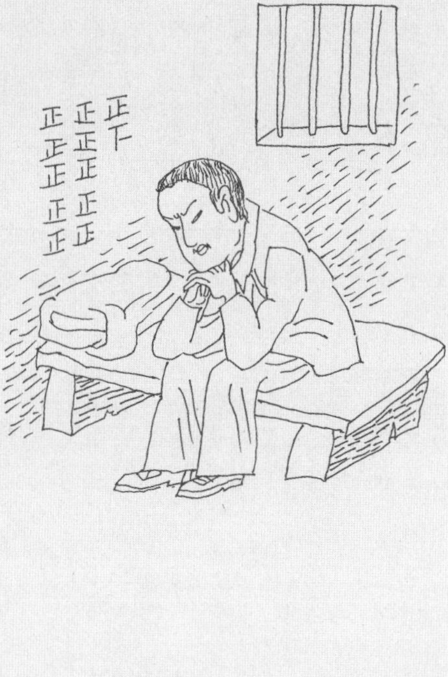

声泪俱下

女人声泪俱下地控诉说:"他就是个大贪污腐化分子,收了人家不少好处,都给了那个狐狸精了,不信,我带你们到那女人家搜。你们一定要好好查查!"过了一段时间,女人又来声泪俱下地求情说:"我举报他就是想让你们吓吓他,和那个狐狸精断掉,怎么把人给带走了呢?"办案人员又好气又好笑,党纪国法是儿戏是过家家吗?

补偿

要车改了。他让局里给了司机5万补偿，自己又给了3万，说："跟我这么多年，不能亏待你。"司机却说："能不能再借给我10万？跑出租要交一大笔押金呢。"他一愣，愣了好一会儿。过两日，给司机一张卡，说："也念我们相处一场，跟家里人似的，就不用还了。安心开出租，好好过日子。"司机连声道谢，说："你放心，要用车就打个电话。"

185

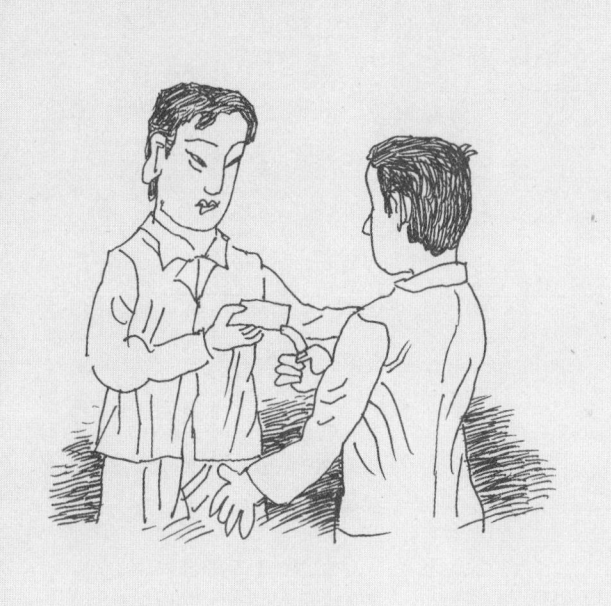

一句话

微信朋友圈里,说到了雾霾。他担心地跟了一句:"哎呀,我明天早上去广州出差的班机,千万不要耽误啊!"第二天,飞机顺利起航。但是,找人却扑了个空。尽管后来证实那人闻风而逃的"风"并不是源自他的那句评论,消除了他多日的忧虑,但他仍觉得脊背有些发凉。这个职业意味着,你再平淡无奇的一句话,可能就是一条重要的信息,也可能造成不可挽回的结局。后来,他把微信的签名改成了"观棋不语"。

187

私房钱

办公室主任突然间死于车祸。追悼会后，单位领导嘱咐她节哀顺变带好孩子有困难找组织，又委婉地问她，整理遗物时有没有发现存单什么的啊？她一愣，说："这死鬼还瞒着我存私房钱！你看看你们都知道，就我做老婆的蒙在鼓里，不过，也算给我们孤儿寡母留下点东西。"领导说："这钱不是他的……"她说："存单上是他的名字不是他的是谁的啊？这年头难道还有二姑娘倒贴的事情吗？"领导一时语塞，在想这事儿到底说不说，跟谁说，怎么说。

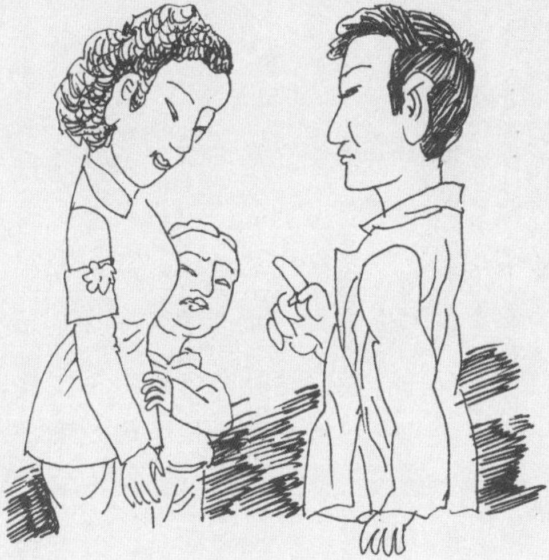

丁字路口

宽阔的车流到了丁字路口，便挤成了一截香肠。那里，兀立着一座小洋楼，围墙上拉着电网，有老树枝桠斜出。偶尔开启的小边门，闪动着庭院深深的镜头，如民国老片。政府各色人等已来过多次，几个并不居住在此的子女显得众志成城，提出的条件令人咋舌，否则便要推轮椅上的老头子上访。这样僵了七八年。的哥每至此，便狂按喇叭，不舍昼夜。其实老头子很令人尊敬，做过校外辅导员，给少先队员讲过战斗故事。

191

疏财

他每次都会把收来的回扣好处拿出来分给大家，处里的人都说处长仗义疏财够意思真心对弟兄们好。处长说大家好才是真的好，又叮嘱大家说拿了就拿了千万不能嘴碎话多漏出去坏了好事。大家都说处长放心好了，好处也沾了怎么能不知好歹呢？直到有一天，大家发现处长每一次收了好处不过是只拿出三分之一散给大家，大头还是他自己得，有人就愤然举报。案件便简单明了地破了。

193

证明

兑现举报人奖励的地点，还是秘密地安排在最初见面的那间茶社。他接了装有奖金的信封，默默地流着泪，说："昨天我跑到郊区放了两盘三千响，你们不知道这些天我是怎么过来的！"半晌，他收住泪，说："能不能给我开一个证明啊？"一脸的郑重。想问他要证明什么。要证明做什么？终于没有问。过一日，郑重地给了他一张奖励证明，写有在某某代号的案件中举报有功，根据规定予以奖励等等，还盖了印。他双手接过，仔细地读了两遍，然后整齐地折好抚平，揣进衣服内袋，说："我这辈子都不会拿出来的。"

195

迷津

他开始有点后悔了。那天怎么就信了山门前那个不明身份的人一番话了呢?什么有缘相识指点迷津啊,什么官至七品掌管一方啊,什么印堂发黑元神涣散啊,什么无良不做不义莫取啊,什么放下解脱逢凶化吉啊,当时的确是字字句句都叩中心扉心惊肉跳,但现在想想看似无巧不成书却又好像是人造格局。他疑惑地问道:"那个掐指算卦的莫非是你们的人?"这边的微微一笑,说:"我们不相信这个。不过,那人能指引你来自首,也是救你一命,胜造七级浮屠了,善哉善哉!"

双面人生

强烈的黑白反差,判若两人的"混搭"。眼前的他,仪表堂堂,气质不凡,平时兢兢业业,克勤克俭,家庭和睦,口碑不俗。而另一面,却大肆进行钱权交易,贪污受贿,包养情妇,生活奢靡。当然,后者是真的,前者也未必就是假的。即使是"人生如戏,全靠演技",但是,他在两者之间往返穿越,游刃有余二十几年而未曾穿帮,更没有因为"双重人格"而精神分裂,反而扶摇直上平步青云,也是奇迹。难道真是"大奸若忠,大恶若善,大贪若廉"吗?

您也来办案

写了99篇手记了,都是自说自话,来个互动的吧。一个真实的案件:一捆百元大钞,共20扎,都贴了封条,封条上还盖着银行柜员的名章。对于家里的这捆现金,他辩解说是自己多年的积攒准备用来买房子买车的。但是……(此处省略若干字)最后,在环环相扣的证据面前,他终于交代了这是一笔受贿款。请您分析推理,这若干字是什么呢?

尽孝

一次，酒至酣处，局长涕泗横流地感叹："好不容易把儿子养大却被资本主义抢走了！"他立马动情地说："要是不嫌弃，我做您的儿子吧！"当时就跪下叩拜了。此后，许多事情就显得比较自然了。干爹生病住院，干弟留学开销，干妈美容扫货，他便有钱出钱有力出力，还包括通马桶遛狗狗，干爹很欢喜，夸他用心懂事，照顾他许多业务。找他调查情况时，他一脸无辜："我给我干爹尽孝也不行吗？"问他："你亲爹亲妈呢？"他便把头埋进了裤裆里。

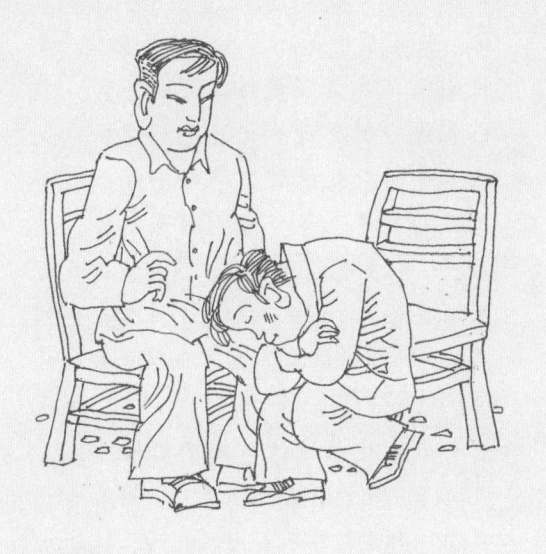

单据

是谁无意中提到,他写字风格和处长很像,他心里一动。后来,在一张200多块的报销单据上模仿了处长签字,觉得真像。但会计有些疑惑,悄悄地找处长核实。处长留下单据,说:"那天打羽毛球手累了签字有点走样,过天叫他们重填我再签吧。"此事再没有人记得提起,但他却如芒刺在背,利剑高悬,唯有规矩做人勤奋做事来将功补过。经年,成五好青年。又一年,擢升为科长。处长退休前把单据给了他,说:"我只能帮你到这里了,好自为之吧。"他说大恩不言谢。此后,兢兢业业克己奉公,官至局级,并无闪失。

205

连续剧

弟兄们都看不过去,气得腮帮子疼。"至于吗?服刑假释是光彩的事吗?用得着大操大办大宴宾朋吗?弄得跟荣归故里衣锦还乡似的!说是冲冲晦气。谁是晦气啊?太嚣张了!摆明是做给我们看的嘛!"头儿却很兴奋,说:"好戏好戏!看来还是部连续剧,赶快去饭店调监控,看看究竟是哪些人去赴宴的,说不定能选到主角呢。"

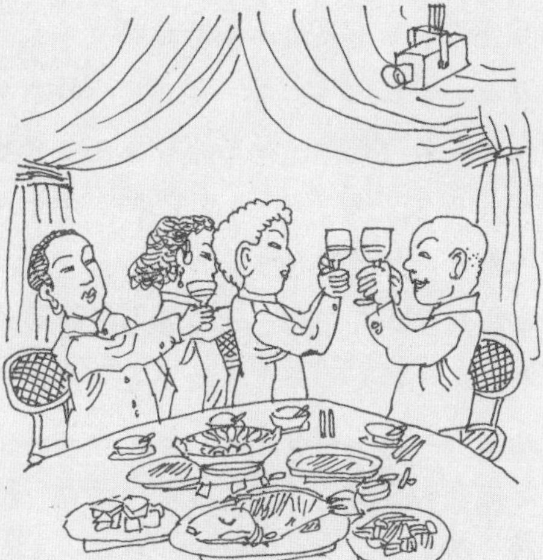

选择

离婚是她主动提出来的,不只是因为他有外遇。原本是想凑合着过把孩子养大再说,但她说话已经不起作用,躲避大概是最好的选择,她不想让孩子受到更大的伤害。财产分割很简单,只要了那套他们打拼积攒下的房子,以便她和女儿日后居有定所,也是留个念想。后来,庆幸的是作为犯罪嫌疑人家属在相关文书上签字的不是她。她平静地接受着传来的信息:调查,抄家,审判,服刑,那女人变卖房子跑了。她想,要不要去看看他呢?

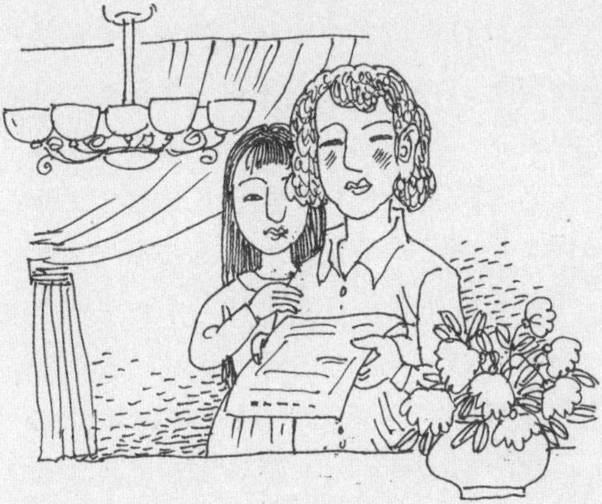

基友

某总和某局关系很铁,一个搞基建,一个管基建,戏称"基友"。那晚,某总在一静雅处设宴,安排了某局喜好的鱼翅泡饭、丁香排骨、莲子银耳汤等,杯觥交错,把酒言欢。临了,某总看排骨没动几筷子,便吩咐服务员打包,说带回去给他家果果吃,果果是一条狗。某局打着饱嗝说:"对对对,带回去给孙子也尝尝。"某总不悦,说:"我是拿回去喂狗!"有人把杯子碰翻了。某局把牙签吐到菜上,拂袖而去。某总再三修好,无果,知其已另结新欢。他不仁,就不能怪自己不义了。城建系统诸多人物遂如多米诺骨牌一般相继倒下。

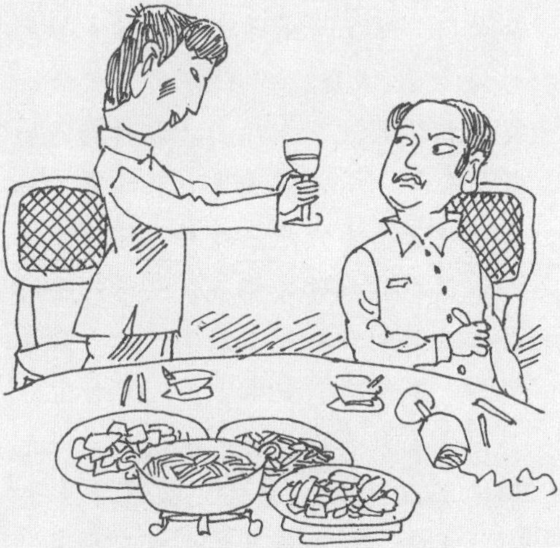

临了

名字已经变成"34床"。小护士恭敬而敷衍，医生带着学生研究标本似的讨论着Ca课题，一下笔一万块钱一支的特效药就是十几支。各种颜色的钱往里砸，听不到响声。有些钱，现在用得也不再顾忌。开始，还陆续有人来探视，故作惊诧："哎呀！平时身体蛮好的嘛！太劳累了，就当歇歇吧！"渐渐地，就很少有人来押宝。与医生及家属隔着窗户纸演戏，做无知无畏状，每天把假发梳得整齐溜光。夜晚，眼前便浮起许多人和事，心生不甘与不平，总想弄出点动静来，打破这死寂的空气。

213

老板

保姆圈就是一个小社会,仆凭主贵,领头的是在一厅干家做的,漂亮灵气,活儿轻工资高,大节还有赏钱,能通过主家关系帮村里人找工作找工程,人气颇高。她们一个月总要聚会两次,吃喝玩唱,互通信息。圈里都称雇主为"我们家老板",她却呼"我们家他",大家便掩嘴挤眉,说是"人走时,马走膘,大姑娘走时把腿跷"啊!她并不脸红,暗笑:"你们这帮娘们天生就是做下人的命!"忽一日,她宣布要开一个家政公司,结果竟成了姐妹们的老板。后来,那个"他"出事了,她伤心了一回,说:"这人还是蛮好的。"

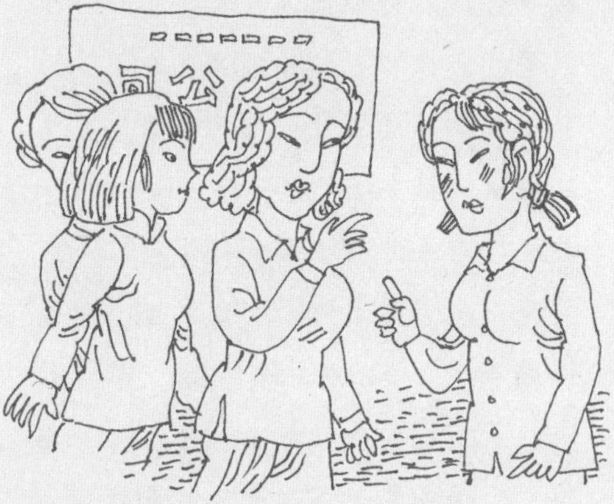

道

教授级工程师，业内权威，全市许多政策、文件、规范细则多由他起草，分管领导和局长对他都很倚重，基层则将他的话奉为圭臬。但他并不恃才放旷，为人低调谦和。经常往各个区县跑，凡重要文件的制定下发，前期调查研究，后期讲解答疑，事必躬亲。底下均按教授标准付给讲课费车马费，一年数十万入囊，神色自然。谓之君子爱财，取之有道。呵呵。

217

大门

国有企业老职工，岗位在传达室。看电视新闻，看公司万象，会没来由地骂娘，说国家都让这些蛀虫给咬坏了。又说："老虎也好苍蝇也罢，关我屁事，我一看大门的无权无势，挣几根毛还是弯的，看看热闹罢了。"一天，几个素不相识的人问路时和他攀上了老乡，一来二去熟了，经常会带点熟菜跟他喝点小酒，说："你守着个金山呢！"就面授机宜，如此这般。那晚他锁大门时，将门锁虚挂，然后蒙头睡觉。夜里，公司被盗窃两卡车钢材。案件自然很快就破了，他是监守自盗。小小一把门锁，也是一种权力。

219

幸福

妻子说怀孕了，丈夫做高兴状。他心知肚明，医生检查过了，他那话儿不行，一直难以启齿。孩子出生以后，虽心有芥蒂，仍视如己出，精心照料。孩子三岁时，他在一个大机关里悄悄找到那个男人，拿出一叠材料和孩子照片，男人由气宇轩昂到面如土色。事情处理很简单，男人每月往他卡里汇入五位数的钱，直到孩子十八岁，双方均守口如瓶，互不干扰。他把房子换到很远的郊区，孩子茁壮地成长，幸福的花儿心中开放。

221

意想不到

她不愿意相信是真的。他步履匆匆神色严肃,他拼命工作夜以继日,他酩酊大醉失态胡言。但跟她有什么关系呢?她既不懂也不想懂,只是干好服务员的本职,小心机械地倒茶送餐清扫,不要被扣工钱。但那一次,她下楼摔倒崴了脚被他撞见,关切的询问,并吩咐用他的车送到医院。以后,她开始以女人的目光打量这个成熟成功的男人,看到他叱咤风云,也看到他疲惫孤独。但是意想不到的是,怎么就进去了呢?

223

酶

她是偶然被发现有奇异功能的，喝水似的大杯往下灌酒，跟没事人一样。据说是体内有一种物质叫酶，能分解乙醇。从此，由花瓶变成酒瓶，转战南北，赴大局小场，助推了三任领导。酶帮她改写了履历表，也给她带来了许多传闻。忽一日，体检查出酒精肝，且有肝功衰竭趋向。哭闹着想要办成工伤未果，却成了笑柄。每月来报销一次医药费，面如灰土，形单影只，原先不屑与之为伍的同事，倒生出几分怜悯来了。

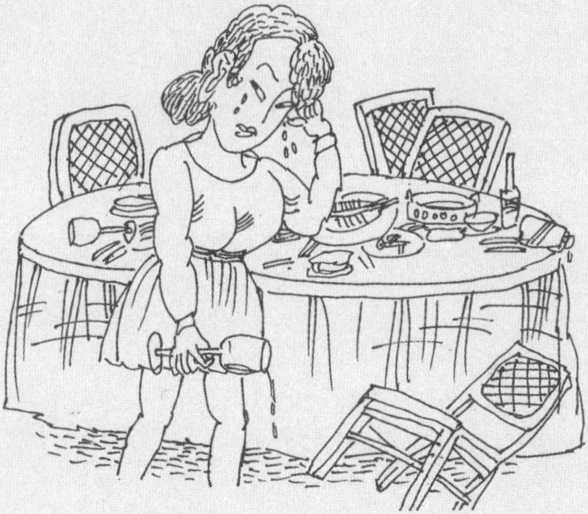

后记

民谚曰：盐卤点豆腐，一物降一物。

也是奇了。混沌悬浊的豆浆，被盐卤一点，就化成了清爽白嫩的豆腐。自然，其中的粒子离子激烈无声地分裂聚合，一般人看不出来也不完全知晓。细细想来，这个和我们生活如此贴近的古老技艺，竟暗合着一个重大的命题。

进入新时代，一场史上未有的反腐风暴激荡而来。"惊涛拍岸，卷起千堆雪"，多少动人心魄的事件与人物，转瞬之间就成了经典的历史镜头。其间，我既有幸身处其中，亲身参与一些实务片段；又拉开焦距，冷静地观察探微。并且以文学的视角，将点点滴滴记录下来。这样,以"盐卤点豆腐"的网名,在微博上开设专栏,试图用零散的马赛克,去拼接波澜壮阔的画卷,复原曲折回旋的场景。

反腐败、打老虎、拍苍蝇,都是热词,炙手可热。但是,太多的爆料、揭秘、渲染、煽情、敷衍、臆想,已然冲淡扭曲了这个严肃而富有深意的主题及其背景,沦为茶余饭后的谈资笑料。当近距离观察分析那些鲜活样本的时候,我发现他们口是心非的行为远非惯常的政治标签所能概括,甚至和他们声泪俱下的悔过陈词对照都相去甚远。但是,在形形色色的案件背后,我们看到了共通的地方,就是人,人性,环境。人的吃喝拉撒七情六欲，人的自私贪婪懦弱凶险，能使坏人变好和好人变坏的制度环境。我想我要做的就是呈现和挖掘这些。

在表达上，微博一两百字的限定篇幅，显然是"带着镣铐跳舞"。但跳得好的如明清小品文，也出了不少传世佳作。那种"幅短而神遥，墨希而旨永"、"盆山蕴秀，寸草含奇"的极简主义风格神韵，仍然绵延炳焕余音绕梁。虽不能至，心向往之。故而东施效颦着意模仿，大事化小小事取精，凡记事状物皆点到为止欲说还休。

网友们给了热情的关注，每篇几万次的阅读量，极大地鼓舞了我，陆续写了百余篇，也期盼这个时代能百尺竿头更进一步，实现"玉宇澄清万里埃"的愿景。关于书名，"喝茶"是读者耳熟能详的委婉用语，与香港廉政公署的"喝咖啡"异曲同工。对于后者，还真有许多值得借鉴的地方，不光是话语表达。

颇让我感激的是丁捷先生，身为文学大家，获奖无数，专门拨冗为小书作序，给了我莫大的鼓励与鞭策，也给了读者一个意外的惊喜。成书过程中，有两位朋友给了我很大帮助。一个是责任编辑赵阳女士，为我写作的基调与风格把脉指点准确到位；另一个是老朋友画家王烈先生，为每一篇都配了插图，图文并茂相得益彰。

手记很短，后记太长，打住。读者朋友回头看看，有没有值得再看一遍的篇目。也谢谢你们！

谷以成
于南京天福园

图书在版编目(CIP)数据

请喝茶 / 谷以成著. —— 南京：江苏凤凰文艺出版社，2016
（2023.7重印）
ISBN 978-7-5399-8878-8

I.①请… II.②谷… III.③散文集—中国—当代
IV.①I267

中国版本图书馆CIP数据核字(2015)第259796号

书　　名	请喝茶
著　　者	谷以成
责任编辑	赵　阳　傅一岑
插　　画	王　烈
责任校对	王一冰　张松寿
书籍设计	周伟伟
出版发行	凤凰出版传媒股份有限公司
	江苏凤凰文艺出版社
出版社地址	南京市中央路165号，邮编：210009
出版社网址	http://www.jswenyi.com
印　　刷	南京新洲印刷有限公司
开　　本	880毫米×1230毫米　1/32
印　　张	7.875
字　　数	50千字
版　　次	2016年1月第1版
印　　次	2023年7月第4次印刷
标准书号	ISBN 978-7-5399-8878-8
定　　价	45.00元

（江苏凤凰文艺版图书凡印刷、装订错误，可向出版社调换，联系电话025-83280257）